Veüe en Perspectiue du Palais d[illegible]lleries du Costé de l'Entrée.

A Paris chez N. Langlois rue S.t Jacques a [illegible] auec Priuil. du Roy dessiné et graué par Perelle

# LE CARNAVAL
# *MASCARADE*
# ROYALE.

Dansée par sa Majesté le dix-huitiéme Ianuier 1668.

A PARIS,
Par ROBERT BALLARD, seul Imprimeur du Roy pour la Musique.

M. DC. LXVIII.
*Auec Priuilege de sa Majesté.*

# LE CARNAVAL.

## *MASCARADE*

## ROYALE.

LE CARNAVAL habillé d'vne maniere qui le fait d'abord reconnoistre, paroist sur vn petit Thrône, dans le fonds du Theatre. Il est enuironné de sa Suite ordinaire, vestuë de ses Liurées, & compoſée d'vn grand nombre de Perſonnes qui chantent, & qui jouënt de pluſieurs ſortes d'Inſtruments. Les Violons qui le ſuiuent, commencent à celebrer ſon retour, & Luy-meſme, par vn Recit qu'il chante, excite les Enjoüements qui l'accompagnent, à delaſſer le plus Grand des Monarques de ſes glorieux Trauaux.

*Le Carnaual.* Monſieur d'Eſtiual.

*Suite du Carnaual.*

Monſieur de Lully.
Meſſieurs le Gros, le Camus, d'Anglebert, Itier, Richard, la Barre le cadet, Pinel, Grenerin, Hedoüin, Gingan, Don, Boni, Fernon l'aiſné, Fernon le cadet, Rebel, Deſchamps, Gaye, Ioannet & Laigu Pages de la Muſique de la Chambre.
Oger, & Ludet Pages de la Muſique de la Chapelle.

Grands

*Grands Violons.*

Du Manoir.
Leger.
Mazuel.
Chaudron.
Fauier.
Bruſlart l'aiſné.
Bruſlart le jeune.
Feugré.
Ioubert.
Des-Noyers.
Balus.
Du Pin.
Des-Matins.
Leſperuier.
Robeau.
Varin.
La Place.
De Leſpine.
Mercier.
Camille.
Simper.
Cheualier.

*Petits Violons.*

Marchand.
La Caiſſe l'aiſné.
La Caiſſe le cadet.
Magny.
Huguenet.
Broüard.
Le Roux l'aiſné.
Le Roux le cadet.
Guerin.
Le Grais.
La Fontaine.
Charlot.
Martinot pere.
Martinot fils.
Alais.
Foſſard.
Deſtouches.
Roulin.

*Flutes.*

Deſcouteaux pere, Deſcouteaux fils, Pieſche, Philbert, Iean Opterre, Nicolas Opterre, Martin Opterre, & Louys Opterre.

# RECIT DV CARNAVAL.

*IE reuiens enfin, à mon tour,*
*Dans cette illuſtre Cour*
*Où, ſous vn Regne heureux, tant de grandeur abonde:*
*Vous, qui m'accompagnez, aimables Enjouëments,*
*Prenez vos plus doux agréments,*
*Pour diuertir les Soins du plus grand* ROY *du Monde.*

Toutes les voix enſemble.

*Profitons du temps*
*Qu'Il donne à nos Chants;*
*Dés que les tendres Herbettes*
*Rajeuniront l'Vniuers,*
*Les Tambours, & les Trompettes*
*Feront ſes plus doux concerts.*

## PREMIERE ENTRE'E

LEs PLAISIRS inſeparables du Carnaual, s'empreſſent les premiers à le ſuiure, & l'vn d'Eux, par vne Chanſon qu'il chante en dançant, inuittent tout le monde à l'Amour, & à la Ioye.

*Plaiſirs qui dançent.*

LE ROY.

Le Marquis de Villeroy, le Marquis de Raſſan, Meſſieurs Beauchamp, & Noblet.

*Plaiſir qui chante en dançant.* Mr Noblet.

### *CHANSON DES PLAISIRS.*

*AYmez, cherchez à plaire,*
*Vous ne ſçauriez mieux faire;*
*Les plus beaux de vos jours*
*Sont faits pour les amours:*
*Mais banniſſez les larmes,*
*Et les triſtes ſoûpirs,*
*Les Amours ſont ſans charmes*
*Sans le ſecours des* Plaiſirs.

*Le Dieu qui fait qu'on ayme*
*Fuit les Chagrins, Luy-mesme,*
*Et cherche à tous moments*
*Les Diuertissements:*
*Il n'ayme point à prendre*
*Des soins qui soient fâcheux,*
*Et c'est vn Enfant tendre*
*Qui se plaist parmy les Ieux.*

---

## II. ENTRE'E.

DEs IOVEVRS redoublent l'ardeur qu'ils ont pour le Ieu au retour du Carnaual, & tandis qu'ils joüent, deux Maistres d'Academie, qui leur ont preparé des Cartes & des Dez, se rejouïssent du profit qu'ils esperent.

*Ioüeurs.* Le Duc de Cheureuse, Monsieur de Souuille, Messieurs Ioüan, S. André, Mayeu, & Pesan.

*Maistres de l'Academie du Ieu.*
Monsieur Coquet, & M. d'Heureux.

## III. ENTRE'E.

DEs Gens de bonne chere prennent part aux rejouïssances du Carnaual : vn d'entr'Eux chante vne Chanson à boire au milieu des Autres, qui dançent autour de luy.

*Gens de bonne chere qui dançent.*
Messieurs Doliuet, Chicanneau,
le Chantre, & du Pron.

*CHANSON A BOIRE.*
Chantée par Monsieur Gaye.

*NOus n'auons jamais de chagrin;*
*Si quelqu'vn de Nous est mal sain,*
*Pour courir à son ayde*
*Nous nous passons du Medecin.*
*Nous sçauons vn secret diuin,*
*Vn grand remede,*
*A qui tout cede,*
*C'est le bon vin.*

*Si l'Amour, ce petit Lutin,*
*Veut troubler nostre heureux destin,*
*Auant qu'il nous possede*
*Nous le chassons le verre en main.*
*Nous sçauons vn secret diuin,*
*Vn grand remede,*
*A qui tout cede,*
*C'est le bon vin.*

## IV. ENTRE'E.

DEux Maiſtres à dançer teſmoignent la Ioye qu'ils ont des auantages que le retour du Carnaual leur donne.

*Maiſtres à dançer.*

Les Sieurs la Pierre, & Fauier.

## V. ENTRE'E.

VNe Trouppe de Maſques ridicules, auec des habits bizares, & des poſtures croteſques, ſe meſle à la ſuitte du Carnaual.

*Maſques ridicules.*

Meſſieurs Doliuet, le Chantre, Bonard, & Arnald. *Hommes.*

Meſſieurs Payſan, Vaignard, Chauueau, & Mayeu. *Femmes.*

## VI. ENTRE'E.

DEs Masques serieux, & Magnifiques, viennent prendre part aux diuertissemens du Carnaual : Ils sont conduits par la Galanterie, qui adjouste à leur dance l'agrément d'vne chanson pleine de maximes galantes, qu'elle chante au milieu d'Eux.

*Masques serieux.*

LE ROY.

Messieurs d'Armagnac, & de Vaudemont,
le Marquis de Villeroy, le Marquis
de Rassan, & M. Beauchamp.

LA GALANTERIE. Mlle. Hilaire.

*CHANSON DE LA GALANTERIE.*

Maximes de Galanterie pour les Hommes.

*SOyez fidelle:*
*Le soin d'vn Amant*
*Prés d'vne Belle*
*Trouue aisement*
*Vn heureux moment.*
*Souuent vne ame cruelle*
*S'engage en depit d'elle,*

*C'est le grand secret que d'aimer constamment.*
*Soyez fidelle:*
*Le soin d'vn Amant*
*Prés d'vne Belle*
*Trouue aisement*
*Vn heureux moment.*
*Aux loix d'Amour en vain l'on est rebelle,*
*Chacun tost, ou tart, suit vn Dieu si charmant.*
*Soyez fidelle:*
*Le soin d'vn Amant*
*Prés d'vne Belle*
*Trouue aisement*
*Vn heureux moment.*

## Maximes de Galanterie pour les Dames.

*QVand on sçait plaire,*
*Sur tout dans la Cour,*
*Que peut-on faire*
*Et nuit & jour*
*Sans vn peu d'amour?*
*Vn jeune cœur sans affaire*
*Ne se diuertit guere,*
*Que sert de charmer si l'on n'aime à son tour?*
*Quand on sçait plaire,*
*Sur tout dans la Cour,*
*Que peut-on faire*

*Et nuit & jour*
*Sans vn peu d'amour?*
*N'attendeZ pas pour n'estre point seuere*
*Que vos plus beaux ans commencent leur retour.*
*Quand on sçait plaire,*
*Sur tout dans la Cour,*
*Que peut-on faire*
*Et nuit & jour*
*Sans vn peu d'amour?*

---

## VII. ET DERNIERE ENTRE'E.

LE Carnaual descend pour accompagner la Galanterie, & tandis qu'ils chantent vne maniere de Dialogue, ou tous les chœurs, tant des voix que des instruments se meslent, & répondent tour à tour; ce qui a paru dans les Entrées precedentes se reünit, & dance ensemble.

## Dialogue du Carnaual & de la Galanterie.

### *LE CARNAVAL.*

*Corrigeons de l'Hyuer la rigueur naturelle,*
*Et nous vnissons tous.*

La Galanterie.

*De la Saison la plus cruelle*
*Faisons pour nous*
*La Saison la plus belle,*
*Et les Iours les plus doux.*

Le Carnaual & la Galanterie chantent ensemble, & tous les chœurs leur répondent.

*Meslons à la Dance*
*La douceur de nos Chansons,*
*Chantons, & dançons;*
*Que ce plaisir recommence*
*En mille façons,*
*Chantons, & dançons.*

FIN.

# VERS
## POVR LES PERSONNAGES
## DE LA
# MASCARADE
# ROYALE
# DV CARNAVAL.

POVR LE ROY. *Plaisir.*

A Ce PLAISIR *se mesle vn Trauail aßidu,*
*La Gloire en est, tout se r'assemble,*
*Et s'vnit tellement ensemble*
*Qu'il n'est rien de mieux confondu.*

*Ce* PLAISIR *a dequoy combler nostre desir,*
*Et cette derniere Campagne*
*A fait auoüer à l'Espagne*
*Que c'est vn terrible* PLAISIR.

*Elle doit cet Hiuer détourner ses malheurs,*
*Sinon au retour du Zephyre*
*Ie crains qu'elle n'ait lieu de dire*
*Pour vn* PLAISIR *mille douleurs.*

*S'il flate nostre goust pour elle quant & quant*
*Il est d'vne amertume insigne,*
*Et selon qu'on s'en trouue digne*
*C'est vn* PLAISIR *doux & piquant.*

*Voyez de qu'elle grace en cadence il se meut,*
*Il n'est point de cœurs qu'il n'entraisne,*
*Enfin c'est vn* PLAISIR *de Reine,*
*Et dont ne gouste pas qui veut.*

Pour le Marquis de Villeroy. *Plaisir.*

P*Army tous les* Plaisirs *vous estes à souhait,*
*Mais ne sçauez vous pas que vous estes bien fait,*
*Que les talans d'autruy n'effacent point les vostres,*
*Et quand vous étalez ce grand air en entrant*
*Sans conter le* Plaisir *que vous faites aux autres,*
*Vous en faites vous pas à vous mesme vn fort grand?*

Pour le Duc de Cheureuse. *Ioüeur.*

V*Ous auez joüé de bonheur,*
*Et par vostre Aliance & par vostre courage,*
*Il y parest chez vous, & sur vostre visage*
*Que la guerre a marqué d'vn eternel honneur.*

Pour LE ROY. *Masque serieux.*

M*Asque, ne sçauroit-on deuiner qui vous estes?*
*A cette mine haute, à tout ce que vous faites,*
*A ces traits de grandeur éclatans, glorieux,*
*Et si fort au dessus de tout ce que nous sommes,*
*A ce qui malgré vous s'échape de vos yeux*
*Il faut que vous soyez la merueille des Hommes.*

*Demeurer inconnu c'eſt pour vous vne affaire,*
*Et la ſeule je croy que vous ne ſçauriez faire,*
*Car en vous tout trahit le ſoin de vous cacher,*
*Il n'eſt point pour cela de nuit aſſez profonde,*
*Aucun déguiſement ne ſçauroit empeſcher*
*Qu'on ne vous prenne icy pour le premier du monde.*

*Ah! je me doutois bien que vous eſtiez le Maiſtre,*
*Et voſtre procedé m'ayde à vous reconeſtre,*
*Perſonne là deſſus n'eſt long-temps abuſé,*
*Et l'Eſpagne qui vient d'eſſuyer la bouraſque*
*Voudroit que vous fuſſiez encore déguiſé,*
*Tant vous luy faites peur quand vous leuez le maſque.*

Pour Monſieur le Grand. *Maſque.*

*CE Maſque a bonne mine,*
*Plus en luy j'examine*
*Ce grand air & ce port*
*Qui nous charme d'abord,*
*Moins je le puis conneſtre,*
*Mais je l'attens au ton,*
*Et s'il parloit peut-eſtre*
*Le reconneſtroit on.*

Pour le Prince de Vaudemont. *Masque.*

*IE ne cognois point celuy-cy,*
*Il ne fait qu'ariuer icy,*
*Et je ne pense pas l'auoir veu de ma vie,*
*Mais aux Dames il plaist,*
*Et si je ne me trompe elles auroient enuie*
*De sçauoir quel il est.*

Pour le Marquis de Villeroy. *Masque.*

*CEs cheueux qui vous vont quasi jusqu'aux genoux,*
*Et cette taille aisée & fine comme vous*
*Font qu'on vous reconest sans pouuoir s'y méprẽdre,*
*Vous auez en reuanche vn cœur si bien masqué,*
*Que les plus clairuoyans auroient peine à comprẽdre*
*De quels yeux est party le trait qui l'a piqué.*

Pour le Marquis de Rassan. *Masque.*

*CE Masque est agreable, & me parest vn homme*
*Dont les talens sont à priser,*
*Tant qu'il demeure ferme il se peut déguiser,*
*Mais dés qu'il fait vn pas tout le monde le nomme.*

FIN.

www.ingramcontent.com/pod-product-compliance
Lightning Source LLC
LaVergne TN
LVHW050511160826
845677LV00003B/1062

* 9 7 8 2 3 2 9 6 2 5 8 7 4 *